AF312540

ESTAMPES

Anciennes et Modernes

TABLEAUX

AQUARELLES   DESSINS

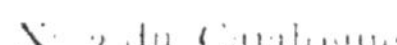

N° 2 du Catalogue

Vente du Jeudi 26 Juin 1913

HOTEL DROUOT — SALLE N° 9

M° RENÉ BALLU
COMMISSAIRE-PRISEUR
12, Rue de la Victoire, 12

M. F. MARBOUTIN
PEINTRE-EXPERT
2, Rue de Marseille, 2

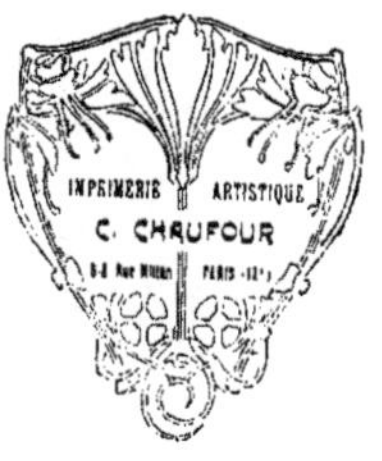

Imprimerie Artistique C. Chaufour, Rue Milton, Paris

CATALOGUE

DES

ESTAMPES

Anciennes et Modernes

TABLEAUX

AQUARELLES, DESSINS

par ou attribués à

Auburtin, Boudin, J. Courtois, A. Delacroix

Français, Goupil, Isenbart

G. F. Lacroix, Lapito, L. Legrand, Leroy, Pelouse, Quinton

Ten-Cate, Teniers, J. Wilhems, etc.

DONT LA VENTE AURA LIEU

A PARIS

HOTEL DROUOT — SALLE N° 9

Le Jeudi 26 Juin 1913

A DEUX HEURES

Mᵉ RENÉ BALLU	**M. F. MARBOUTIN**
COMMISSAIRE-PRISEUR	PEINTRE-EXPERT
12, Rue de la Victoire, 12	*2, Rue de Marseille, 2*

EXPOSITION PUBLIQUE :

Le Mercredi 25 Juin 1913, de 2 heures à 6 heures

CONDITIONS DE LA VENTE

La vente sera faite au comptant.

Les acquéreurs paieront dix pour cent en sus des enchères.

L'exposition mettant le public à même de se rendre compte de l'état et de la nature des estampes et tableaux, aucune réclamation ne sera admise une fois l'adjudication prononcée.

DÉSIGNATION

ESTAMPES ANCIENNES & MODERNES

DES

XVIIe, XVIIIe et XIXe SIÈCLES

ALLEMAND (D'après L')

1 — La Pesche.

Par A. MOITTE.

BAUDOIN (D'après)

2 — Le Couché de la mariée.

Par MOREAU LE JEUNE et SIMONET

Très belle épreuve.

BENAZECH et A. DEIF (D'après)

3 — Le Départ pour Vienne de la princesse Marie-Thé-
rèse-Charlotte, fille de Louis XVI.

Epreuve en couleur par SILANIO.

BENAZEICH et A. DEIF (D'après)

4 — Le Dernier moment de la vie du Roy Louis XVI.

Epreuve en couleurs par SILANIO.

BIBIENA (D'après)

5 — Architecture et ornements.

Dix-neuf planches Eaux-fortes.

BOILLY (D'après)

6 — On la tire aujourd'hui.

Epreuve en bistre.

BOSSELMAN

7 — La Jolie Suédoise.

8 — La Savoyarde coquette.

Deux épreuves en couleurs.

BASIO et BRAMORTI (D'après)

9 — Sujets divers.

Par RADOS.

Neuf épreuves en couleurs.

BOUCHER, EISEN, GRAVELOT (D'après)

10 — Illustrations.

Par VIDAL.

Environ cent dix vignettes.

CANU

11 — Marie-Antoinette, reine de France.

CHARDIN (D'après)

12 — La Fontaine.

Par C.-N. Cochin.

COCHIN LE FILS (D'après)

13 — J.-R. Perronet.

Par A. de Saint-Aubin.

COMPTE-CALIX, CASEY (D'après)

14 — Sujets de genre.

Six lithographies en couleurs.

COURTOIS (D'après)

15 — Tête de jeune fille.

Par Demarteau.

Belle épreuve imprimée en sanguine.

COURTOIS (D'après Jacques)

16 — Batailles.

Sept planches.

DAGNAN-BOUVERET (D'après)

17 — La Vierge aux Anges.

Par L. Flameng.

DANDRÉ-BARDON (D'après)

18 — La Naissance.

Par Belechou.

DAVID (D'après Jules)

19 — Sujets de genre et Scènes de la vie des champs.
Quinze lithographies en couleurs.

DESROCHERS, PETIT, ROY, etc.

20 — Portraits.
Vingt et une planches.

DROLLING (D'après)

21 — La Leçon d'Humanité.

Par Alex. Morel.

ECOLE ANGLAISE

22 — Le Départ et le Retour.
Deux épreuves imprimées en couleurs.

ECOLES ANGLAISE & FLAMANDE (D'après les)

23 — Chasse à courre. La Danse villageoise. Paysages et
sujets divers.
Six planches.

ECOLES ANGLAISE & ITALIENNE

24 — Paysages. Sujets de genre.
D'après Piattoli, Le Febre, Le Titien, etc.
Sept planches.

ECOLE FLAMANDE

25 — Compositions tirées de l'Ancien et du Nouveau-
Testament.

Vingt-six planches.

ECOLE FRANÇAISE XVIIIᵉ SIÈCLE

26 — La Famille.

27 — Au bord du Lac.

Deux épreuves imprimées en noir, sans marges.

ECOLE FRANÇAISE

28 — Laure et Pétrarque.

Quatre planches en couleurs.

ECOLE FRANÇAISE

29 — Portrait de femme. Nymphe et l'Attention.

D'après GREUZE.

Trois planches.

ECOLE FRANÇAISE

30 — Estelle et Némorin.

Quatre planches.

ECOLE FRANÇAISE

31 — Sujets de genre. Portraits. Allégories.

Seize planches en couleurs.

ECOLE FRANÇAISE

32 — Caricatures anglaises.

Huit planches en couleurs.

ECOLE ITALIENNE XIXᵉ SIÈCLE

33 — Scènes et Coutumes d'Italie.

Cinquante planches.

EISEN (D'après)

34 — Tête de Jeune fille.

Par BONNET.

Belle épreuve aux deux crayons.

FIROGIO & GÉRARD (D'après)

35 — Les Funérailles de Napoléon Iᵉʳ. Passage du Cortège dans les Champs-Elysées (15 Décembre 1840).

Lithographie en couleurs.

FRAGONARD, TENIERS, etc. (D'après)

36 — La Mère de famille, Le Mauvais riche, Le Remouleur, etc.

Cinq planches.
Par BATTA, ROMANET, etc.

GREVEDON (D'après)

37 — Têtes d'expression.

Sept lithographies.

GREVEDON (D'après)

38 — Têtes d'expression.

Six lithographies.

GREVEDON (D'après)

39 — Têtes d'expression.

Sept lithographies.

GREVEDON & VIGNERON

40 — Portraits d'actrices.

Neuf lithographies.

GUARDI & CANALETTO (D'après)

41 — Vues de Venise.

Huit planches.

LA HAYE (D'après J. De)

42 — Louis XIV.

Par Edelinck.

HOGARTH (D'après)

43 — Sujets divers.

Quinze planches.

HOGARTH (D'après W.)

44 — Scènes diverses.

Quatre eaux-fortes.

HAYDER, STONE, LAWRENCE, WILKIE, etc.
(D'après)

45 — Portraits, têtes d'expression.

Par Thomson, Ryall, Mote, Eagleton, etc.
Vignettes. Cinquante-cinq pièces environ.

HUBERT-ROBERT (D'après)

46 — La Prière interrompue.

Par Descourtis.

Epreuve imprimée en couleur.

HUBERT-ROBERT (D'après)

47 — L'Ermite du Colisée.

Par Morret.

Epreuve imprimée en couleurs.

JEAURAT (D'après)

48 — L'Accouchée.

49 — La Relevée.

Deux épreuves par Lépicie.

LASINIO

50 — Les Petits Métiers de la rue.

Douze planches.

LAGRENÉE (D'après L.)

51 — Femme couchée.

Par Bonnet.

Epreuve imprimée en sanguine.

LARGILLIÈRE (D'après N. De)

52 — Evrard Titon du Tillet.

Par Petit.

LARGILLIÈRE (D'après N. De)

53 — Nicolas Lambert, seigneur de Thorigny.

Par P. Drevet.

LE BRUN (D'après E.)

54 — Monseigneur le Dauphin et Madame, fille du Roi.

Par Blot.

Belle épreuve.

LE CLERC (D'après)

55 — Jeune fille coiffée d'un bonnet.

Belle épreuve imprimée en sanguine.

LE MESLE, COCHIN, etc. (D'après)

56 — Lazarille, Le Masson.

Par Aveline, Galimard, Ravenet, etc.

Dix planches.

MILLET (D'après F.)

57 — La Bergère.

Eau-forte par Teyssonnières.

MORLAND (D'après)

58 — Boys Bathing.

59 — Boys Robbing an Orchard.

Par **A.** Sunrach.

NANTEUIL

6o — Le marquis de Castelnau, maréchal de France.

NATTIER (D'après)

61 — Portrait de jeune femme.

Par Fouquet-Dorval.

Epreuve sur parchemin.

NETVER, PETERS (D'après)

62 — Petite Maîtresse anglaise.

63 — La Jeune Dévideuse.

Par Chevillet.

NONNOTTE (D'après)

64 — Gauffrecourt (de Genève).

Par J. Daullé.

POUSSIN, CHAPPRON, DORIGNY, etc.

65 — Bacchanales.

Par Mariette.

Sept planches.

RAPHAEL (D'après)

66 — L'Ancien Testament.

Par A. Aveline.

RAPHAEL (D'après)

67 — Les Constellations.

Huit planohes.

Par C. LASINIO.

REMBRANDT, DIETRICH (D'après)

68 — Quatre planches.

REYNOLDS (D'après)

69 — Miss Nelly O'Brien.

Par OKEY.

RIGAUD (D'après)

70 — Deux portraits.

Par DREVET.

RIGAUD (D'après H.)

71 — Madame Neyrel de la Ravoye sous les traits de Pomone.

Par DOISIER.

RIGAUD (D'après)

72 — Elizabeth de Gouy, femme de Rigaud.

Par J.-G. WILL.

RIGAUD (D'après)

73 — H. Meyercron.

Par C. VERMEULEN.

RIGAUD (D'après)

74 — Jean Baltazar Keller.

Par P. DREVET.

ROYBET

75 — Le Manteau noir.

Eau-forte originale sur parchemin. Signée.

RUSSELL (D'après)

76 — Tom and this Pidgeons.

Epreuve en bistre par KNIGHT.

The Dogs first sight of himself.

Epreuve en bistre par SCHIAVONETTI.

The favorite Rabbit.

Epreuve en bistre par KNIGHT.

SALVATOR-ROSA

77 — Guerriers et sujets divers.

Vingt sept eaux-fortes originales.

SALVATOR-ROSA

78 — Guerriers et sujets divers.

Eaux-fortes originales.
Trente sept planches.

SCHALL (D'après)

79 — Idylle.

Par Le Grand.

L'Amour est plus à craindre que l'Epine.

Par Ruott.

SCKOUMAN (D'après A.)

80 — Le Cordonnier hollandais.

Par F. Basan.

SMITH (D'après)

81 — Credulous Lady and Astrologer.

Par Maucler.

TASSAERT (D'après)

82 — Sujets de genre.

Six épreuves en couleurs.

Par Roemhild.

TAUNAY (D'après)

83 — L'Enfant prodigue.

Par Descourtis.

Deux épreuves imprimées en couleur.

TOCQUÉ (D'après)

84 — Jean-Baptiste Massé.

Par J.-G. Wille.

TOCQUÉ (D'après L.)

85 — Louis, Comte de St-Florentin.

Par G. Will.

WATTEAU (D'après)

86 — La Coquette.

Par Boucher.

WESTALL (R.) & SINGETON (H.)

87 — Innocent Revenge.
Innocent Mischief.

Epreuves en couleurs par Zançon.

Scarcity in India.

Epreuve en couleur par Zecchin.

WHEATLEY (D'après)

88 — « Du Croquet de pain d'épices ».

Par Aliprandi.

DIVERS

89 — Fables, animaux, etc.

Soixante-dix pièces environ.

90 — Fables.

Cinquante quatre planches.

91 — Le Printemps, l'Eté et l'Hiver. Portraits.

Sept planches.

92 — L'Enfant Prodigue.

Six épreuves coloriées.

93 — Héloïse et Abélard, d'après Angelica Kauffman.

Deux planches coloriées.

DIVERS

94 — Vues de Venise.

    Neuf lithographies en couleurs et rehaussées à la gouache.

95 — Vues d'Italie.

    Onze lithographies en couleurs, rehaussées de gouaches.

96 — Villes et lacs d'Italie.

    Douze lithographies en couleurs, rehaussées de gouaches.

97 — Vues de villes et lacs d'Italie.

    Six lithographies en couleurs, rehaussées de gouaches.

98 — Actualités. Portraits.

    Dix lithographies en couleurs dont deux d'après DAUMIER.

99 — Scènes populaires et de Société.

    Lithographies en couleurs.
    Environ vingt pièces.

100 — Paysages. Animaux.

    Dix eaux-fortes en couleur.

101 — Scènes champêtres et compositions tirées de la Bible.

    Cinq planches.

102 — La Bible.

    Cinquante-trois planches.

103 — Scènes de l'Histoire ancienne, portraits, etc.

    Environ vingt-cinq planches.

ESTAMPES

TIRAGES POSTÉRIEURS ET REPRODUCTIONS

BAUDOIN (D'après)

104 — Deux planches en couleurs.

BOILLY (D'après)

105 — La Comparaison des petits pieds.

Par CHAPONNIER.

Épreuve en couleur.

BOUCHER (D'après)

106 — L'Education de l'Amour.

Vénus et l'Amour.

Par DEMARTEAU.

Épreuves en sanguine et crayon.

BOUCHER, HUET (D'après)

107 -- La Laveuse.

Par BONNET.

La Petite fermière.

Par DEMARTEAU.

Épreuves en sanguine et crayon.

BOUCHER & HUET (D'après)

108 — Trois épreuves crayon et sanguine.

BOUCHER (D'après)

109 — L'Obéissance récompensée.

Le Panier mystérieux.

Le Goûter de l'Automne.

Le Messager discret.

Par R. GAILLARD.

Quatre épreuves en couleurs.

BOUCHER, HUET (D'après)

110 — Le Plaisir innocent. Pastorale. L'Amitié réciproque.

Quatre épreuves en sanguine.

Par DEMARTEAU et BONNET.

DUVIVIER (D'après)

111 — La Toilette de Psyché.

Jupiter et Léda.

Vénus et l'Amour.

La Jeune Hébé.

Par BOSVELMAN.

Quatre épreuves en couleur.
Tirage postérieur.

FRAGONARD & GARNIER (D'après)

112 — Le Passage du ruisseau.

Par PETIT.

Epreuve eu couleur.

Le Baiser à la dérobée.

Par REGNAULT.

Epreuve en couleur.
Tirage postérieur.

GREUZE (D'après)

113 — La Voluptueuse.

Par TURNER.

Epreuve en couleur.
Tirage postérieur.

HIGHMORE (D'après)

114 — Pamela.

Par TRUCHY et BENOIST.

Onze planches.
Tirage postérieur.

HOGARTH (D'après)

115 — Sujets divers.
Trois planches.

HOGARTH (D'après)

116 — Les Etapes de la cruauté.
Quatre planches.

HOGARTH (D'après)

117 — Sujets divers.
Quatre planches.

HOGARTH (D'après)

118 — Sujets divers.
Huit planches.

HOGARTH (D'après)

119 — **Hudibras.**

    Cinq planches.

HOGARTH (D'après)

120 — **Le Bon et le Mauvais apprenti.**

    Onze planches.

HOPPNER & J.-B. ISABEY (D'après)

121 — **Princess Sophia.**

Mlle Leverd.

    Epreuves imprimées en couleurs.

HOPPNER & WARD (D'après)

122 — **Cécilia Hoppner.**

Louisa.

    Epreuves en couleur.

HUET (D'après J.-B.)

123 — **Les Soins maternels. L'Accord maternel.**

                                    Par Bonnet.

    Deux épreuves en couleur.

HUET (D'après J.-B.)

124 — **La Laitière.**

                                    Par Demarteau.

    Epreuve en couleur.

HUET & BOUCHER (D'après)

125 — Le Plaisir innocent.

Jeune fille à l'oiseau.

Par Demarteau.

LAVREINCE (D'après)

126 — L'Aveu difficile.

Par Janinet.

Epreuve imprimée en couleur.

LE GUERCHIN (D'après)

127 — Compositions tirées de la Bible et sujets divers.

Par J. Bartolozzi.

Trente planches environ. (Réimpression).

LE PAUTRE

128 — Les Fêtes de Versailles.

Vingt planches.
Tirage postérieur.

MORLAND (D'après G.)

129 — A visit to the child at Nurse.

A visit to the Bourding School.

Par W. Ward.

Deux épreuves imprimées en couleur.

NORICHCOTE (D'après)

130 — A visit to the Grandmother.

Epreuve en couleur par Smith.

RULLMANN (D'après)

131 — Elle se garantit de ses atteintes.

Elle combat les feux qu'il allume.

Il a recours à l'Hymen.

Elle cède à ses enchantements.

Il fuit en riant de sa douleur.

Par Prot.

Cinq épreuves en couleurs.
Tirage postérieur.

SMITH (D'après)

132 — A visit to the Grandfather.

Épreuve en couleur par Dayes.

TABLEAUX, AQUARELLES, DESSINS

AUBURTIN

133 — L'Etang.

ABEILLÉ (Jack)

134 — Scènes parisiennes.

Deux dessins à la plume.

BOISSIEU (Attribué à J.-J.)

135 — Portrait d'homme.

Sépia.

BOUDIN (E.)

136 — Barques de pêche.

COURBET (Ecole de)

137 — Rochers.

COURTOIS (J.)

138 — Manœuvres de cavalerie.

DELACROIX (A.)

139 — **En Orient.**

Paysanne et fillette.

Deux aquarelles.

DIAZ (Ecole de)

140 — Mare en forêt.

DIEN (Achille)

141 — Paysage.

Fusain.

DUPRÉ (Ecole de Jules)

142 — La ferme.

ÉCOLE FRANÇAISE (XVIᵉ SIÈCLE)

143 — Portrait d'un évêque.

ÉCOLE FRANÇAISE

144 — Marine.

145 — Portrait de femme.

146 — Paysage.

147 — Femme à la fontaine (Aquarelle).

ÉCOLE FRANÇAISE DE 1830

148 — Album renfermant environ 45 dessins et aquarelles, avec autographes de Wallon, Lobel, Chalamel, Vitu, etc.

ÉCOLE ITALIENNE

149 — Tête de femme.

Cadre bois sculpté.

FRANÇAIS

150 — Paysagiste au travail.

Dessin mine de plomb.

GAINSBOROUGH (D'après)

151 — La Duchesse de Devonshire.

GOUPIL

152 — Tête de femme.

GUDIN

153 — Marine.

ISAILOFF (A.)

154 — La place de la Trinité.

ISENBART (E.)

155 — Paysage dans le Doubs.

LACROIX (G.-F. DE)

156 — Port de mer.

LAPITO

157 — Paysage. Bords de rivière.

CLAUDE LE FEBVRE (Attribué à)

158 — Portrait d'homme.

LOUIS LEGRAND

159 — Femme couchée sur un canapé.
Crayon bleu et sanguine.

LE ROY (J.)

160 — Jeune chat.

MERLIN

161 — Porte à Civita Castelna.
Plume et lavis à la sépia.

MILLET (J.-F.)

162 — Le Berger.
Etude au fusain.

MINIATURES PERSANES

163 — Femmes dans un parc.

164 — La promenade dans le parc.

PELOUSE

165 — Sentier en forêt.

QUINTON (Cl.)

166 — Troupeau au pâturage.

RUSSEL (D'après)

167 — L'enfant aux cerises.

TEN CATE

168 — Vieille femme.
Aquarelle.

TÉNIERS (Attribué à)

169 — Scène villageoise.

THONET

170 — Bataille d'Aboukir.
Esquisse du tableau de la préfecture d'Angers.

TROYON (École de)

171 — Vaches au pâturage.

WILHEMS (J.)

172 — Venise. Effet de nuit.

9 782329 583549